Pecados

Carlos Oriel Wynter Melo

Pecados

Selección temática de narraciones

FUGA Editorial

863

W993

Pecados / Carlos Oriel Wynter Melo ; Adaptador Ruby Wong. – Panamá : Editorial Fuga Editor, 2014.

115p. ; 21 cm.

ISBN 978-9962-691-24-2

      1. LITERATURA PANAMEÑA – CUENTOS

      2. CUENTOS PANAMEÑOS

      I. Título

Foto de portada: *"mela rosa in mano" de goccedicolore.*

Diseño de la cubierta: Ricardo Lince y Ruby Wong

Coordinación de edición: Carlos Wynter.

Diagramación: Ruby Wong.

Impreso por

Panamá, 2014

Índice

Hombre y mujer.

Verónica es una escultora genial. De la corriente realista y hacedora de cuerpos femeninos, modela el barro como Dios seguramente torneó la costilla. Comprendía su género más que el de los hombres.

Conoció a Agustín en una galería. Al principio solo les gustó hacerse el amor. Luego, con ánimos de compartir sus vidas, se mudaron juntos a un pequeño apartamento.

A los pocos meses de unidos, ella quedó embarazada. Hombre con todas las de la tradición, Agustín insistió en que no saliera de casa. Él, comerciante de arte, vendía las obras. Pero en el ambiente bohemio, no sólo hacía negocio sino que se echaba sus tragos y cortejaba mujeres.

Verónica, que tiene aguda intuición, sabía que la traicionaba.

—Agustín —le dijo—, tú no sabes lo que es ser mujer; me siento usada, no sé si me quieres realmente o sólo soy la que esculpe y la que coge.

Con el tiempo eso no fue cierto. El niño había nacido y algo de Verónica había nacido en Agustín: los gestos, las costumbres, los hábitos. Y eso tenía de fondo un mirarse en el espejo, un comprender lo que ella sentía porque, poco a poco, lo sentía él también.

Verónica dormía sobre el cuerpo de su hombre y le hacía caricias en el pecho hasta la madrugada. No notaron que el pezón de Agustín fue creciendo.

Una mañana él tuvo sobre su pecho un apéndice redondo y henchido. Después del susto inicial y de mirarlo con detenimiento, no hubo lugar para la duda: a Agustín le había crecido una teta. Para Verónica fue una experiencia luminosa.

—¡Como yo, Agustín, eres como yo!

¡Pero no era sólo un seno, sino que era el seno más hermoso que hubiera existido jamás!

Aunque Agustín callaba, tratando de mantener la hombría, lloraba por dentro.

Al principio lo ocultaron; siempre era posible aplastar el pecho con vendajes y cubrirlo con la ropa.

Agustín tenía la esperanza de que desapareciera. Pero un día, al Verónica quedarse sin leche para el niño, la teta de Agustín sirvió para alimentarlo. Y llegó un inoportuno visitante, un pintor. Y en las prisas de abrir la puerta y ocultar el seno, para que todo pareciera normal, la teta quedó mal cubierta.

—¿Qué es eso, Agustín? ¿Un seno? —dijo el invitado—. Ese es un seno hermoso, Agustín, realmente.

Ya no había modo de negarlo. Conversaron Verónica y el pintor con mucho alboroto. Y primero él insistió, luego ella, en que Agustín fuera parte de un montaje artístico. Comprometida con su arte, ella le rogó a su pareja que dejara de lado los miedos y compartiera la magia de la naturaleza con otros.

—Tú no sabes lo que es ser hombre... o dejar de serlo un poco —dijo él—. ¡Me van a hacer trizas!

—Tus amigos son gente de arte, Agustín: ¡se van a maravillar!

Debilitado por una honda depresión, accedió a sus peticiones.

Agustín, pintado cada mitad de colores diferentes, como si lo hubieran partido, representaba una figura andrógina. Lo pararon en medio de pinturas y esculturas, con el deber de imitar una estatua. Llevaba por todo vestido una toga al estilo griego.

La gente pasaba en raya la mayoría de las obras y se quedaba mirando a Agustín (Agustina) quien, tomando en serio su papel, no movía un músculo.

Llegó el momento en que absolutamente todos los visitantes rodeaban a Agustín. El más osado tocó el seno. Agustín no se movió.

—¡Es de verdad! —anunció el atrevido— ¡El seno es de verdad!

Y el resto de las personas, en un tupido murmullo, hablaron de la hermosura del seno.

Ya descaradamente, se acercaron, sobre todo hombres, a darle suaves caricias, a apretarlo y unos, incluso, le dieron besos agresivos, con lenguas inquietas. Agustín no se movía.

Verónica había observado todo con un dolor propio; vio su reflejo. Ahombrada caminó hacia el grupo y haciendo sonar sus palmas, ordenó que salieran de la galería. La exposición ha terminado, dijo.

Casi de madrugada, salió la pareja.

—Me siento usado, Verónica, tan usado.

—Sí, pero no llores, gordo. Los hombres no lloran.

Mis mensajes en botellas de champaña

Dedicado a
Bret Easton Ellis

7 de agosto de 2007
    Para: kclark@aol.com
    De: nzuniga@yahoo.com
    Asunto: República Dominicana y el padre culpable.

Hola Kenneth,

¿Cómo estás? Espero que muy bien. Ojalá los cursos de reposición en los que te inscribiste no sean aburridos ni complicados (¿es posible tal cosa en la UC?)

Te escribo mientras mi mirada se pierde en el mar Caribe. Bebo directamente de una botella de *Moet Chan Do* que mi padre guardaba en la nevera no sé para qué. Para emborrachar con burbujas a alguna de sus amantes, seguramente. Va a tener que comprar más.

Pero que no se te antoje beber, Kenneth. Te recuerdo que prometiste no hacerlo por noventa días.

Me aseguraré de que cumplas tu promesa, ¿ah? No creas ni por un instante que porque dejamos de ser novios, me desentenderé de ti.

Como te habrás dado cuenta, ya tengo nueve días en República Dominicana. ¿Puedes creerlo? Y tengo la impresión de que necesitaré meses, quizás años, para comprender este país.

Mi padre tiene las mejores intenciones pero todo está en su contra: el calor húmedo, la música espeluznante, el caos urbano y un largo etcétera. El pobre trata de hacerme pasar unas vacaciones agradables, pero no sé si alguna vez lo logre. Me recibió en el aeropuerto —sonrisa de oreja a oreja, ya sabes— y desde entonces no ha dejado de consentirme (*Ladies and Gentlemen:* ¡El increíble poder de la culpa!)

Eso sí, parece el dueño de Dominicana. Lo reciben en restaurantes muy refinados como si fuera un rey. Y a los cinco días de estar aquí, me llevó a una recepción en la que conocí —cáete muerto— al presidente. Yo no sabía quién era ese hombre de cabello cano, al que todos se acercaban sonrientes y con cautela. Cuando mi padre me lo presentó, casi me da un ataque de nervios. Estaba literalmente rodeado de guardaespaldas. Yo llevaba un diseño de *Oscar De la Renta* y él hizo un comentario halagador sobre el traje. ¿Sabías que Oscar es dominicano? Pues ahora te enteras del chisme. Que no se diga que no educo al *pueblo* (ja,ja).

Su excelencia me preguntó de dónde venía. Le dije que de los Estados Unidos y él sonrió como un anciano bondadoso.

Te presumo, además, que mi padre tiene una casa frente a la playa. Una hermosísima casa frente a la playa. Gracias a esta conveniente inversión ahora te escribo viendo el reventar de las olas.

Ya me he habituado a colgarme al cuello mi *Ipod* y tomar el sol por horas. Glorioso, ¿verdad? Cuando regrese, verás lo bronceada que estoy.

Espero noticias tuyas,

XOXO,

Nancy

15 de agosto de 2007
     Para: kclark@aol.com
     De: nzuniga@yahoo.com
     Asunto: Nancy en el mundo al revés.

Hola Kenneth,

Te informo con cierta alegría que mantengo una amistad —o mantuve una amistad— con un chico dominicano llamado César Gómez. Dudo de nuestra relación porque nos peleamos y quizás él ya no quiera saber de mí. Sin embargo, Kenneth, me agrada creer que volveré a encontrarlo en la playa y que hablaremos de esteros ocultos, delfines y música alternativa como lo hicimos por más de una semana.

El rompimiento con César —si es que hemos roto— me hizo tomar consciencia de lo lejos que estoy de *casa*. Habito el *mundo al revés*.

Me he acostumbrado a extender mi toalla, ésa con una gran *S* de *Supergirl* y caricaturas a colores de la heroína, en una duna exacta durante las primeras horas del día. Entonces me desentiendo de todo.

¿Puedes verme con la imaginación, Kenneth? ¿Puedes asomarte por la ventana de tu cuarto y observarme con el bikini de *caras felices* que tanta risa te causa? ¿Puedes recordar mi rostro y mis gestos, Kenneth?

Cuando estoy acostada en la playa, encajo los audífonos en mis orejas y escucho *Yo la tengo* a buen volumen. Mientras la música hace volar *elefantes infantiles,* pienso en ti.

El viernes pasado, un chico con la piel tan oscura y reluciente como el té de manzanilla, se paró frente a mi cuerpo tendido. Su sombra iluminó mi piel como si fuera un sol negro. Su cabello tenía innumerables rizos tal como los tendría el astro rey si fuera azabache.

Me preguntó con un inglés horrible ¿qué música estaba escuchando? Tenía el torso desnudo y usaba un *blue jean* que se deshacía en hilachas a la altura de la rodilla.

Le contesté ansiosa porque hasta entonces no me había hablado nadie de mi edad. Mi padre y sus amigos rebasan los sesenta años.

Le dije que estaba escuchando *Yo la tengo* y le conté todo lo que sabía del grupo.

Luego empecé a enumerar mis canciones preferidas de *Blonde Redhead, The Killers y Radiohead.*

Y traduje algunos versos de *Elephant Girl* que, como sabes, me parece un himno amoroso y tierno.

Él me dejó monologar sin interrupciones. Parecía escucharme con atención serena.

Aún ansiosa, le urgí a que hablara. Y bromeé: Parece que te comieron la lengua los ratones. Y entonces fue que me dijo, con un enojo incomprensible, que si sólo me sabía canciones en inglés. Me sentí diminuta como un insecto. Pero, de inmediato, supe que él era el insignificante: era él quien estaba mal. Después de escupirme la queja, se paró y se fue.

Regresó al día siguiente. Llevaba, a diferencia del día anterior, un *T-shirt* que le cubría el torso. La cara enorme de Bob Marley estaba estampada al frente de la playera, cosa que me pareció una estupidez porque Marley, que yo sepa, nunca cantó en español o italiano. A pesar de todo, sin demostrarlo, me sentí aliviada de que César hubiera vuelto.

Le di más espacio para que hablara. Y habló. Habló incansablemente. Dijo que era muy *hombre* y después nombró cada una de las muchas novias que tenía.

Y a mí qué me importa, pensé. Pero no se lo dije. Solo sonreí.

Después de un rato, me dijo que tenía una cita con una de sus *mujeres* y que debía irse. Yo pensé que nunca me enredaría con un *macho* retrógrado como él.

Pero regresó, y nuestras conversaciones se hicieron más llevaderas y comenzó a caerme mejor. Me contó de cuevas marinas que pocos conocían y de lugares en que los delfines se dejan acariciar las aletas. Prometió llevarme a cada uno de esos sitios secretos.

Llevábamos seis días coincidiendo, cuando tuvimos nuestra discusión. La conversación que sosteníamos, de pronto, quedó en blanco. Él se quedó mirándome y, sin aviso, intentó darme un beso. Me moví y cayó de bruces. Me pareció jocoso el accidente porque, cuando se levantó, César escupía arena. Pero no me reí, no me reí para nada.

Whots yor problem, man?, le dije con mi inglés callejero más eficaz.

¿No era lo que querías?, respondió él. ¿No era eso lo que querías? ¿No has estado insinuándote?

Le dije que mejor se fuera y eso hizo. Desde entonces, no ha vuelto.

Y otra vez estoy sola, Kenneth. Mi padre es el único que insiste en hablar conmigo pero, con él, no quiero hablar. Deseo que César vuelva.

Y deseo que Kenneth me escriba. Por lo menos un párrafo. Que por lo menos me mande un saludo…

XOXO,

Nancy

9 de septiembre de 2007
Para: kclark@aol.com
De: nzuniga@yahoo.com
Asunto: Después de todo, Dominicana no es tan mala.

Hola Kenneth,

¿Cómo estás? ¿Éste es mi tercer mensaje? ¿Nancy tres, Kenneth cero? Qué vergonzoso marcador. Si seguimos así, voy a llegar a diez sin obtener respuesta.

Por si te interesa, me he reconciliado con República Dominicana. Ahora comprendo mejor cómo se es feliz en el *mundo al revés.*

¿Adivina quién volvió a mí avergonzado? Sí (no es difícil suponerlo, ¿verdad?), César Gómez. Regresó y me dijo que un amigo suyo le había prestado un álbum de *Yo la tengo* y que no estaba mal, que un par de canciones no estaban mal. De inmediato me dijo que le disculpara. Noté que le costó la vida.

Lección número uno, Kenneth: en Santo Domingo, el orgullo es un obstáculo insalvable que no nos permitimos. La fiesta es lo más importante aquí, y no puedes irte de fiesta con el enojo como equipaje.

Y eso es lo que he hecho desde que César y yo hicimos las pases: irme de fiesta. Numerosas fiestas.

Inacabables fiestas. Ruidosas fiestas. No te imaginas, Kenneth. Créeme que no te lo imaginas. Ahora tengo tantos amigos que no sé qué día conocí a algunos. Chicos de cuerpos formidables me saludan desde sus automóviles, en el malecón o mientras me bronceo. Increíble.

César dice que es porque me parezco a Penélope Cruz. ¿Le crees? Tú siempre me comparaste con *Morticia Adams*. Qué diferencia, ¿verdad?

¿Con qué ojos me mirabas, Kenneth? ¿Con qué ojos? No lo puedo creer. Hasta ahora me doy cuenta.

Y mi padre sigue consintiéndome. Me presta su *Lexus* cuando anochece. No te imaginas el escándalo que se arma cuando llego a las reuniones.

Como se lee en esta carta, estoy mucho mejor. Mucho mejor. No te pierdas el siguiente capítulo de esta feliz serie. Seguirá transmitiéndose por el mismo canal, a cualquier hora, sin obtener respuesta, solo el silencio de un muerto en vida...

XOXO,

Nancy

30 de septiembre de 2007
Para: kclark@aol.com
De: nzuniga@yahoo.com
Asunto: Y Dios dijo: serás echada del paraíso y
perecerás.

Hola Kenneth,

Hice algo incorrecto, Kenneth. Algo terrible. Me acosté con César. Y lo hice porque soy débil, débil como una niña de doce. Me acosté con César para no ser echada a un lado.

Te escribo con el mar rompiendo y el vaivén del *Moet Chan Do* agitándose en mis entrañas —he descubierto que, si vacío la nevera, mi padre vuelve a llenarla sin rechistar. Hoy soy tan vulnerable como un barquito de papel en medio del océano.

¿Cómo caí en el error? Por las fiestas. Por las fiestas y los amigos. En uno de los festejos, no sé cómo, acabé en un cuarto con César. Conversábamos y reíamos, nada más. Pero otra vez intentó besarme y en esta ocasión fue peor porque, cuando me quité, se dio de narices contra el piso.

Se levantó fuera de sí. Me dijo que a qué estábamos jugando, que si me creía mejor que los latinos. Le dije que yo era dominicana, mitad dominicana. Pero no te comportas como una, repuso. Y agregó que le aclarara de una vez si iba a meterme en su cama o tendría que sacarme de casa de *sus* amigos.

Si alguien hubiera predicho que me iba a acostar con un hombre por tales argumentos, me habría reído en su cara. Pero lo cierto es que me desnudé y me tendí en esa cama rechinante, y miré el techo por los veinte minutos que duró la relación. Una pintura de la Virgen María observaba desde la pared.

Comprendí que todo era un complot sórdido y habitual, cuando César sonrió ante la mirada de sus amigos, después de hacer el amor y mientras salíamos del cuarto tomados de la mano.

No he vuelto a buscarlo desde entonces. He regresado a mis solitarios encuentros con los rayos del sol y *Yo la tengo*. Evito los lugares que frecuenta él y sus compañeros de parranda. No veo casi a nadie.

He vaciado otra botella de *Moet Chan Do* mientras tecleo estas líneas.

XOXO,

Nancy

10 de octubre de 2007
>
> Para: kclark@aol.com
> De: nzuniga@yahoo.com
> Asunto: Feliz como una lombriz en París.

Hola Kenneth,

Te escribo hoy desde la portátil *Toshiba* de mi madre y ningún mar rompe frente a mí. Lo que sí reaparece es la botella de *Moet Chan Do* en mis manos, esta vez la pidió mi madre al servicio del hotel.

Estoy en Francia, Kenneth. En París, para ser exactos. Mi madre está rasurándose las piernas en el jacuzzi mientras redacto este mensaje.

¿Qué ocurrió entre la correspondencia anterior y ésta? Algo muy sencillo: mi madre, que siempre está contrariando y haciendo infeliz a su ex esposo, me invitó a unas vacaciones en Europa. Él gritó media hora por el teléfono pero, al final, la decisión fue mía. Comúnmente no me gusta obedecer a mi madre pero, con el problema de César martillándome la mente, París se me ofrecía como el paraíso. Mi padre me miró como si lo estuviera apuñalando cuando dije que sí...

¿Habré hecho mal, Kenneth, ahora que mi padre y yo nos acercábamos?

En fin, volé para reunirme con mi madre en el aeropuerto de Panamá y desde ahí volamos a París.

Kenneth, París es el polo opuesto de República Dominicana. Aquí la jardinería sabe qué lugar le corresponde. Aquí está bien definido quién es cada quién, hay distancias, hay respeto. Aunque los tachen de descorteses, los franceses no se confunden, ¿ah?

Si volvemos a ser novios, respetaré tu espacio...

Espero una línea tuya, telegramas o señales de humo, lo que sea.

El celular de mi mamá es el 4567-89015. Recuerda que debes anteponer dos ceros, la clave del país y la de la región. Llámame.

Te quiere,

Nancy

PS He vuelto a vaciar una botella de champaña mientras te escribo.

25 de octubre de 2007
> Para: kclark@aol.com
> De: nzuniga@yahoo.com
> Asunto: Quién no conoce en Francia a alguien llamado Pierre.

Hola Kenneth,

El otro día estaba leyendo a *Paulo Cohelo* y escuchando a *Grizzly Bear* cuando un chico de cabello castaño se acercó a mí. *Dutchess Anne* se mezclaba en mi mente con una frase que comprendí luego: *Los ángeles también tienen sus estrategias.* El joven me preguntó en perfecto inglés, si deseaba conocer la Torre Eiffel. ¿Es posible incluir en este mensaje más lugares comunes?

Pensé que era el guía turístico de alguna empresa informal así que le pregunté cuánto costaba la visita. Entonces sonrió y dijo que no pensaba cobrarme, que se daba por satisfecho con la compañía de una americana hermosa como yo. Fue en ese momento cuando me sonrojé como una flor en capullo, o por lo menos eso me dijo.

Y yo que creí que los franceses odiaban a los estadounidenses —éste es el momento, Kenneth, en que dices: pero no a las estadounidenses. ¿Cómo negarme a acompañar al tal Pierre hasta el fin del mundo si me lo pedía?

Guardé mi *Ipod* y el libro de Cohelo en mi bolso tejido, subí al *Volkswagen* viejo que Pierre me señaló y bajé la ventanilla como preparándome para no perder un solo detalle del panorama.

El monumento estaba más cerca de lo que creí. Su magnitud, mi estatura en comparación con su tamaño, me hizo sentir poca cosa. Pierre dijo que iba ahí para recordar que la Historia superaba sus fuerzas.

No somos nada, Kenneth. Siempre habrá una sorpresa, nunca lo sabremos todo.

Los ángeles también tienen sus estrategias, recordé. Y es que Pierre fue mi ángel, por lo menos en ese momento. Comprendí tantas cosas gracias a él. Me sentía tan sola y él me hizo compañía...

Sí, Kenneth, estoy haciendo el amor con otro. ¿Y qué? No creo que te moleste. Como no has respondido mis mensajes...

Lo de César fue una equivocación pero en mi aventura con Pierre estoy consciente. Me entrego a él con toda mi voluntad.

Pero tal vez está llena tu cuenta electrónica y mis mensajes son rechazados, o se están acumulando en el almacenamiento de *correo indeseable.* Ojalá sea eso.

Te repito que el teléfono celular de mi mamá es el 4567-89015. En cualquier guía telefónica aparecen los códigos de llamadas al extranjero, las claves de Francia y de París.

Te quiere,

Nancy

PS Hoy no he bebido pero lo haré más tarde.

3 de noviembre de 2007
>Para: kclark@aol.com
>De:bnzuniga@yahoo.com
>Asunto: Pierre tiene tus ojos.

Hola Kenneth,

He descubierto que eres Pierre.

En las noches, me consuelas como a una niña. Sé que eres tú porque tus ojos se traslucen como si miraran al pasado.

Cuando río con Pierre en el Café de la *Rue des Arcs,* eres tú quien ríe conmigo. Cuando Pierre me besa, beso tus labios. Pierre levanta las tazas como tú ensartas el dedo en un asa.

Pierre tiene cabello castaño y tú rubio, pero su cabello castaño es tu cabello rubio.

Pierre fija en mí sus ojos verdes, pero son tus ojos azules los que me paralizan.

No te extraño porque te tengo. Pierre no existe. No extraño a nadie.

Los lunares de Pierre no le pertenecen, son tuyos. Cuento tus lunares en la espalda de Pierre. No exploro su cuerpo, exploro tu cuerpo. Y Pierre no me desnuda, ni lo desnudo: me desnudas y te desnudo.

Pierre tiene tus ojos. ¿Quién tiene los míos? ¿En quién conservas mis ojos? ¿Quién te sirve de excusa? ¿Quién te permite mantenerme cerca?

Te quiere,

Nancy

PS La botella de champaña la acabé antes de escribirte.

5 de noviembre de 2007
      Para: kclark@aol.com
      De: nzuniga@yahoo.com
      Asunto: Adiós

Hola Kenneth,

Pierre tiene un colchón sin forro en su departamento. Acostados en él, miramos desnudos el Sena en las horas del amor. ¿Y sabes qué, Keneth? Ese departamento me recuerda la cabaña de tus padres.

Pierre es infinitamente mejor que tú. Mucho mejor. Pierre es caballeroso y detallista. Pero, no sé por qué motivo, nunca pude hacerlo mi cómplice.

Tal vez los franceses sí odien a las estadunidenses pero finjan que no para disfrutar de un sexo distinto, sexo de ultramar. Quizás disfrazan su rencor con piropos.

Le dije a Pierre que debíamos separarnos por un tiempo y, sin inmutarse, dijo que sí, que no había problema. Me besó ambas mejillas y se fue. Lo vi perderse por Alleé Thomy, una calle demasiado estrecha para que su sombra durase. No llegué a saber si Pierre tenía novia o estaba casado, si tenía hijos…

Kenneth, ¿vas a escribirme alguna vez?

Adiós,

Nancy

7 de noviembre de 2007
        Para: kclark@aol.com
        De: nzuniga@yahoo.com
        Asunto: Adiós definitivo.

Hola Kenneth,

No he podido contarle a mi madre de nuestra ruptura. Está no sólo ocupada en su trabajo, sino constantemente preocupada por él. No nos decimos ni hola.

Anoche la escuché llorar y marcar un número en el teléfono y hablar con la voz quebrada. No necesité mucho para saber que hablaba con mi padre. Le dijo que no había podido superar la separación. Por lo que escuché, a él no le ocurre lo mismo. Los sollozos duraron hasta la madrugada. En la mañana, encontré una botella menos en el refrigerador.

¿Soy mi madre, soy mi madre pidiendo que regreses? ¿Eres mi padre?

Me he impuesto la costumbre de caminar todos los días. He procurado aprenderme las calles y practicar mi francés con cuanta persona accede a detenerse unos minutos...

Hoy, mientras acababa otra botella de Moet Chan Do, descolgué el teléfono y marqué los dígitos para llamadas internacionales y la clave de República Dominicana. Pero me odié por eso, me odié por no despreciar a mi padre como él desprecia a mi madre. Estrellé el auricular contra la base antes de que se completara la marcación.

Pronto regresaré a los Estados Unidos. No me busques, Kenneth. Ésta vez lo digo en serio. Voy a dejar de escribirte aunque tenga que cortarme las manos

Adiós definitivo,

Nancy

6 de noviembre de 2007
      Para: nice84@yahoo.com
      De: superman666@aol.com
      Asunto: Adiós definitivo.

Hola Candice,

Hasta ahora he echado doce botellas al mar y, por lo que sé, ninguna ha llegado a puerto.

Doce. ¿Es que no significó nada nuestro encuentro en Santa Mónica? Yo recuerdo el sabor a sal de tu piel, el de arándano de tu boca. Recuerdo cómo se deshizo el nudo de tu bikini en mis manos. Recuerdo tu cuerpo desnudo. Recuerdo que algo dijiste de ella y de mí, y que te tranquilicé acariciando tu cabello y repitiendo una y otra vez que te preocupabas por un fantasma que ya no me embruja.

Aún creo oír el romper de las olas y el sonido del viento marino…

No he podido quitarte de mi mente. Para mí, esa noche sí fue importante.

¿Te dije que cambié mi correo electrónico?

Deseo saber qué te parece. Yo fui honesto contigo. Te dije que terminé con mi relación y que no pensamos volver. ¿Tú qué tienes que decirme? ¿Qué tienes que confesar? Lo peor es que calles.

Adiós. Supongo que adiós. Supongo que es un adiós definitivo.

Kenneth

Boxeador

No sabemos si Martínez es mala persona. Tampoco podríamos decir que es un alma de Dios. Ausente, si alguna palabra lo define es esa: ausente. Y nadie conoce sus emociones ni entiende por qué es feliz con una vida tan simple, de figuras de sombra y boxeo.

Martínez no conocía a Orlando el Nica Mojica; no, señor. Habrán intercambiado saludos alguna vez, no más que eso. No tenían por qué odiarse, como han insinuado algunos periódicos. La Sombra Martínez —le he dicho a los reporteros— es incapaz de odiar a alguien.

Hay quien pudiera, viendo la apariencia distraída de Martínez, pensar que es tonto. Tampoco es el caso. No se le puede llamar tonto a quien proyecta figuras en la pared con semejante maestría. Si se me pregunta, les diré que Martínez es sencillamente un libro en blanco. Nada más y nada menos. Y nadie sabe al instante siguiente qué aparecerá en sus páginas. El tipo vive tras sus ojos y, en el momento justo, ¡zas!, sale a la superficie. Entonces es un genio; como cuando exhibe su boxeo matemático. Aún ahora, con los años encima, la manera como planea y desarrolla un combate es ilustre.

En la víspera de la pelea con el Nica, la Sombra me contó su sueño. Más que un sueño, era una pesadilla. Y es que basta recordar la vida que llevaba Martínez antes de ser campeón: pobre que era, un muerto de hambre en todo el sentido de la palabra. Cuando tenía como seis años —y eso es algo que no olvidó nunca—, un tipo le robó los chicles que vendía. Le dijo: *Pelaíto,* yo te voy a comprar todos tus chicles, todos, pero tienes que dármelos y esperar un momentito aquí; yo regresaré con tu plata. El tipo, por supuesto, nunca regresó. Ese día Martínez juró por todos los santos que no volverían a aprovecharse de él. Me dijo en una ocasión:

Yo, de niño, era muy tonto, después cambié y me hice hombre.

En el sueño, a la Sombra le daban una tunda, una soberana paliza. Varias veces soñó lo mismo: se miraba en un espejo y del azogue oscuro brotaba un rostro que no alcanzaba a definirse y salía un puño y otro y Martínez no sabía ni de dónde le venían los puñetes. Mientras lo apaleaban, una voz le decía: Ya estás viejo, boxeador, ya estás muy viejo, te has vuelto débil. Despertaba empapado en sudor y con los brazos tensos. Durante el sueño, el miedo no lo dejaba ni respirar. Me comentó después un poco asustado:

Hombre, no me sentía así desde hacía años. Estaba indefenso. No quiero dormir por no sentirme igual.

Quizás ese miedo oculto lo llevó a esforzarse extraordinariamente. Él nunca aceptó que estaba viejo. Para él, había Martínez para rato. Y ya a nadie le cabe duda después de su pelea con el Nica. La gente lo respeta otra vez.

La Sombra ha ganado mil apuestas haciendo figuras en los muros. Es tan natural para él como respirar. Le dicen Haz una pantera y él rápidamente crispa los dedos de una mano, acomoda los de la otra y la pantera aparece. Su figura preferida es la de un niño caminando, con su perfil muy bien definido, los brazos moviéndose al compás de la marcha y las piernas flexionándose una y otra vez. Alguien dijo una noche, maravillado por la habilidad del boxeador, que bien podían ser las sombras las que proyectaban a Martínez. Yo lo he observado mucho y por Dios que, a simple vista, eso parece.

Por su parte, el Nica era un tipo —que Dios me perdone— bocón. Era de esos que repiten una y otra vez que nadie les dura más de un asalto y que el contendiente acabará hecho papilla. Martínez permaneció tranquilo ante sus bravuconadas. En vez de gastar pólvora en gallinazo, se concentró en los entrenamientos. Fue obsesivo. Y me causaba dolor verlo así; le dije más de una vez que eso no era normal.

En fin, llegó el día del combate y ocurrió lo que todos sabemos: la Sombra mató al Nica. ¡Fue una zurra histórica! No podemos quitarle méritos al Nica —que en paz descanse—: se portó a la altura. Pero la Sombra fue implacable. Recibió golpes como un animal y, aun así, mantuvo su ofensiva. Cuando el Nica cedió a la presión, la Sombra aplicó su estrategia ganadora: lo trabajó con la izquierda y, de inmediato, con volados de derecha. Ya para entonces, ambos tenían las caras bañadas con sangre. Y cayó el Nica. Su cuerpo empezó a convulsionar sobre la lona. Entró el médico y eso fue todo. La Sombra seguía saltando sobre las puntas de sus pies, sin que se pudiera decir si estaba compungido o contento.

Sacamos a Martínez cubierto por su bata de lujo. Muchas personas lo abuchearon y algunos periodistas lo siguieron. Nos llovían latas y restos de comida. Bueno, eso es lo que todos sabemos. Voy a contar ahora lo que solo yo sé; yo, que fui a visitar a la Sombra durante su convalecencia y que lo escuché como solo lo hacen quienes quieren de verdad.

Sé, por ejemplo, las razones por las cuales el campeón dejó su carrera boxística. Y sé también lo que lo cambió de manera tan drástica, lo que lo hizo, precisamente, otra persona.

Recuerdo que me recibió con una amplia y juguetona sonrisa y que él fue el primero en hablar:

—Se nos murió el Nica.

Solo asentí.

—No he dejado de pensar en él. Las pesadillas continuaron después de su muerte, ¿sabes? Yo pensé que al ganarle iban a parar.

—¿Y qué tienen que ver las pesadillas con el Nica, campeón?

—Se me metió entre ceja y ceja que el Nica era el rostro en el espejo, el de la pesadilla. Creí que el Nica era mi destino y me daba un *hijueputa* miedo mi destino, ¿me entiendes?

Nos quedamos en silencio. Era la primera vez que la Sombra se confesaba. Añadió como si hablara solo:

—Las pesadillas continuaron después de su muerte porque yo no he resuelto nada con vencer al Nica. Me concentré en superar mi destino y en realidad no superé nada.

Volvimos a callar.

—¿Recuerdas lo que dijo el tipo de mis sombras?, ¿que no sabía si ellas eran quienes me proyectaban a mí? Bueno, yo tampoco lo sé. Yo no sé si el odio me movía contra el Nica. Yo no sé si le pegué con saña. No lo sé.

—Ya no pienses en eso —le dije para calmarlo.

—No te preocupes. No hablo con angustia. De este momento en adelante, soy libre, para bien o para mal. Ya nada me importa demasiado. ¡Descubrí la identidad del rostro de la pesadilla! Todo es muy obvio, amigo: cuando uno se mira en un espejo, ¿de quién es la cara que aparece?

Desnudez metafísica.

Hay ocasiones en que me gustaría ser como Toti. Tiene ingenio para todo, es divertido y no muestra timidez jamás. Ni siquiera es pudoroso. Estamos en un vasto bosque, al pie de una banca para picnic y, sin empacho, se descamisa. Lore y Natasha lo observan solo un instante. Quizás sienten vergüenza o desean mostrarse indiferentes. Tal vez son engreídas. Él cuenta un chiste y actúa como si desnudarse fuera lo más normal del mundo.

Nos acostamos sobre petates y la hierba nos acaricia con dedos en punta. Insectos menudos como polvo se posan sobre la piel. Toti dice que me quite la camisa. Le obedezco pero rápido me cruzo de brazos. Me toma un minuto dejar el pecho totalmente descubierto

Tengo un lunar velludo sobre mi tetilla izquierda, sobre donde posiblemente está mi corazón. Ahora mostrarlo me resulta difícil. Sobre todo porque Lore y Natasha miran y cuchichean. Me pregunto si estoy gordo. Desde donde Lore se sienta, pudieran notarse los rollos de mi abdomen. Me inquieta la posibilidad porque Toti es muy delgado y la comparación podría darse.

Fuera del lunar, tengo poco vello en el pecho. Sin embargo, alrededor de mi ombligo crece pelo rizado que se interna bajo el pantalón. Como Toti lleva un rato hablando de lo velludo que es, traigo a colocación que no soy lampiño. Natasha pone un dedo entre mi pelaje, juguetona, y por lo frio de su mano me echo un poco hacia atrás.

Nunca he visto a Toti llorar o arrepentirse. Ese es mi otro motivo de envidia: da la impresión de que nada en el mundo le causa pena. No soy el único al que deslumbra porque Lore se ha pegado a él y festeja sus bromas con grandes risotadas. Nos queda claro a Natasha y a mí que esos tórtolos se atraen. Acordamos tácitamente no estorbar. Cuando Toti dice que no es justo que solo los hombres se quiten la camisa, Lore, quizás por emularlo, se suelta un par de botones y ríe. Dice que mostrará todo el *paquete* más tarde. Toti contesta que más tarde vale que cumpla su promesa.

En poco tiempo, Toti toma de la mano a Lore, se levantan y, tras los árboles, se pierden de vista. Natasha recuesta su cabeza en mi cintura y ambos miramos al sol fragmentado entre las ramas de un almendro.

Natasha, sin ambages, me dice que mi apariencia de niño le provoca extraña atracción. No me parece un halago que me trate de niño pero no digo nada. Siento el impulso de tomarla entre mis brazos, de decir que no es justo que solo los hombres se quiten la camisa y, en cambio, no muevo un músculo y miro el cielo.

Natasha me dice que existen tres tipos de personas: los débiles, los fuertes y los débiles que aparentan ser fuertes. Esos últimos lastiman, dice. Respiro hondo para no flaquear. Ella repone que mostrarse débil a veces es ser fuerte.

Lore regresa gimoteando. Le sigue Toti con media sonrisa en la cara. Lore dice que Toti le pegó y nos muestra su mejilla roja como un tomate. Lore dice que Toti de improviso se mostró ofuscado. Según Toti, Lore hace las cosas más grandes de lo que son.

Mientras se observan en el espejo de su polvera, Lore vaticina que el cachete va a amoratarse. Le da un empujón a Toti y él se dobla de risa.

Acaban por irse. Ella asegura, mientras se aleja, que no quiere ver a Toti nunca más, que se enloqueció allá por los árboles y la asusto mucho. Toti la sigue aún entre sonrisas y bromas y sin aceptar que el golpe sea motivo de alboroto. Dice que todo fue un juego.

Cuando se han ido, tomo mi camisa con la intención de cubrirme. Natasha dice que no, que me quede así, un rato.

Un día con los Pérez Olsen

La señora Pérez Olsen me ha invitado a la piscina del club y no sé qué decir. Con eso de que estoy un poco gorda (siendo sincera, estoy bastante gorda), me imagino que voy a ser la nota discordante. Dicen que el señor Pérez Olsen, por el tenis, tiene un cuerpo de Apolo. A la señora se le nota la cinturita bajo los trajes tan pegados que se pone. Se la pasa en el gimnasio. Y yo gorda, sin la voluntad suficiente para dejar los pastelitos, el espagueti y los chocolates.

Además, la piscina del club me asusta. En sí, todos van a la piscina, pero nadie se mete. Se quedan viendo su superficie azul y quieta. Nadie mete un dedo en el agua, regresan a sus hogares peinados con el fijador que tenían al salir y con el maquillaje intacto. Sólo se dedican a tomar sol como iguanas.

Pareciera que previeran un tiburón de agua dulce clorificada. O que nadie supiera nadar, o que la profundidad fuera mucha. A mí se me han metido esos mismos temores, tal vez por moda, y no me atrevo a zambullirme.

En fin que en términos fríos, no debo aceptar la invitación de la señora Pérez Olsen porque estoy gorda y porque me asusta meterme a la piscina.

Pero la señora insiste —Ay, mira, gordita, no me hagas este desaire, a mí que soy como tu hermana. Acompáñanos, porfa...—, de modo que acabo por decirle que sí.

Como las cosas están como están, decido sacrificar uno de mis miedos: meterme a la piscina. ¿Qué me puede ocurrir? Me sumerjo antes de que llegue el gentío, incluso puedo decir a los Pérez Olsen que los espero allá, y no salgo hasta que la última de las personas conocidas desaparezca. Así se quedan pensando que estoy gordita, pero no tan gordita, porque es impresionante verme en vestido de baño.

Llega el día y me acomodo en la piscina a tempranas horas.

Llegan los Pérez Olsen cuando tengo algo de tiempo en el agua.

—¡Hola, Gordita!, qué bueno que llegaste, no hubiera sido lo mismo sin ti, pero, ¿qué haces en la piscina, cielo? —y sé que esto lo dice con alevosía y ventaja—. Déjanos verte —mientras tanto, se despoja de su bata de baño, descubriendo un cuerpo con carnes apretadas a los huesos. ¡Cómo odio a la señora Pérez Olsen!

—No, señora, déjeme aquí, el agua está muy rica, ¿no quiere meterse?

—No, no, gordita, se me daña el *look* y después es un lío arreglarme.

—Bueno, ya déjala, mujer, que disfrute la piscina —dice el señor Pérez Olsen con cierta exasperación.

—Hola, ¿cómo estás? —me sonríe y le devuelvo la sonrisa.

La señora se estira sobre un camón playero como una pantera y la mano abierta del sol le cae encima y la aprieta contra la poltrona. Su marido se acuesta en el camón siguiente.

Tenían razón sobre el cuerpo de Apolo.

Han traído al chiquillo. Hola, lo saludo. Y el niño se queda mirándome las tetas que parecen flotar sobre el agua. Son tan insistentes sus ojos que me incomoda. Si le digo del asunto a la señora, lo más seguro es que me diga exagerada y no me preste atención. Me da pena decírselo al señor. Podría nadar hasta el otro extremo de la piscina, pero me da miedo. Total que me resigno al manoseo visual del muchacho y procuro pensar en otras cosas.

Un rato después, el niño acompaña sus ojos con guiños.

En eso siento una leve mordida en un seno (¡El tiburón de piscinas!). Agito las manos entre el agua y no encuentro lo que me mordió. Si no es porque tengo más miedo al ridículo que al agua, salgo. Vuelven a morderme. Pero me doy cuenta que no es una agresión: me acarician, tal vez me besan. Es una caricia un poco torpe, pero caricia al fin. Meto mi cara al agua y veo al chiquillo pegado a mi cuerpo; lo besa, o lo bebe porque dentro de la piscina soy de agua. Besa los rollos de piel que se desdibujan, acaso me desvanezco. En el agua soy otra.

En la superficie, doy un largo suspiro que mis acompañantes interpretan con preocupación.

—¡Qué te pasa, niña! —dice la señora—, ¿te estás ahogando?

—Nada —digo esto mientras miro al niño. Él sigue en lo que parece ser todo, en su tarea superficial de mirarme los senos; tras sus ojos húmedos, en la profundidad de esos pozos interminables, yo sé lo que ocurre.

—¡Mira, mi amor!, está mirando al niño con lascivia.

El señor Pérez Olsen se muestra de nuevo exasperado. Me mira como disculpando a su esposa.

—Voy a nadar —digo.

Y me sumerjo.

El niño no está. Una estela de burbujas me guía hasta lo más hondo del agua. Ahí lo encuentro. Ahora lo acompañan, en lo que parece ser la sala de su hogar, el señor y la señora Pérez Olsen. Pero son diferentes.

El señor es obeso, está sin afeitar y fuma un cigarrillo tras otro, dejando abundantes burbujas grises. La señora, que habla sin tregua, también es gorda y me da la espalda. El niño me mira con ansias y casi salivando.

Lo primero que me sorprende es que, en algún punto del interminable monólogo, el señor le suelta una cachetada a su mujer.

—¡Ahhh! —exclama aliviado.

—¡Eres un imbécil! —contesta ella—siempre tan retraído, siempre en tus cosas. ¡Y todavía te quejas porque hablo!

Él vuelven a cachetearla.

—¡Eres insoportable! —dice.

Ella, sollozando, contesta:

—Yo sólo quiero que me tomen en cuenta, que la gente mire mi cuerpo y diga que es hermoso, y que nadie me vea gorda o fea...

La señora Pérez Olsen voltea el rostro hacia mí y me doy cuenta de que no es sólo gorda, sino terriblemente fea. Con una voz que por fin parece su propia voz, dice:

—Oye, pero muchachita, ¿te has quedado allí todo este tiempo? VENTE CON NOSOTROS A LO MÁS HONDO DEL AGUA...

Y me da miedo, verdadero terror, mirarme en el fondo, en la sala profunda de los Pérez Olsen.

Comienzo a nadar hacia la superficie como si el mismo diablo me persiguiera.

Salgo de la piscina y descubro mi cuerpo a las miradas. La señora Pérez Olsen, como era de esperarse, dice a toda boca:

—¡Pero…, mi amor, yo sabía que estabas gorda pero no tanto!

Para mi sorpresa, el comentario no me molesta en absoluto.

La foto del puente

Aquella tarde no había más barquitos de papel. Los niños, ocupados en la escuela, no pudieron renovar la flota; solo quedaba un barquito que rescataron los lirios.

Yo usaba un sombrero verde: era espantoso ese sombrero, me encantaba aquel sombrero; si alguien pasaba no podía menos que mirarnos: éramos caras y gestos para los caminantes.

El puente, a diferencia de los barquitos, estaba; era eterno como cada tarde de cada día de cada mirar desde el puente. Sin embargo, tenía una novedad: un mendigo que insistía en sonreír, en mantener su necedad de dientes pasara lo que pasara. Apestaba tanto que me alejé de él. Era simple: un gabán, unos pantalones rotos; simple como los barcos de papel que sencillamente flotan.

Seguía el barquito solitario y ni mis soplos, mientras me colgaba del puente, lo hacían naufragar. El mendigo comenzó a correr su risa como el correr del río, porque era la risa de un loco solitario que se habla así: ríete río sin tregua sobre el barco, barco sostente firme al río, o me lleva la corriente o me quedo con las flores.

El carro del alcalde se acercaba. Las llantas encontraron el puente y vibramos. Bajó la velocidad al tenerme cerca. Me lanzó una mirada, una mirada de ¡qué espantoso sombrero!, de ¡déjese de ridiculeces! Se volvió ya con su pipa en la boca y se fue tarareando con la ventanilla entreabierta. Más adelante detuvo su automóvil al entender la figura del mendigo.

—¡Dionisio!, ¿así que te mudaste al puente?

Dionisio lo miró sin dar muestras de reconocerlo.

El alcalde le dio unas monedas y el mendigo mostró su sonrisa. El automóvil se alejó dejando el tarareo del alcalde como estela.

Me senté en la baranda, balancee los pies...

Los peces saltaban por entre la corriente; esos peces, tantos, tan plateados, brillaban como monedas; se suponían hermosos y la corriente los tragó. Esos pobres peces plateados. Pobres.

El cura se acercaba a lo lejos, a saltitos, pensando. Apenas daba sus primeros pasos sobre el puente cuando se detuvo y me vio: vestida con finura, pero con un espantoso sombrero en la cabeza. Lo miré y asomé una sonrisa. Hola, cura. Apretó el rostro y me hizo la señal de la cruz. Siguió caminando.

Casi al lado del mendigo y habiendo éste sacudido el pegajoso cabello, el cura lo reconoció.

—¡Dionisio, diablillo!, mira, hombre, por algún lugar tengo algunas monedas.

Después de un alegre monólogo, el cura se despidió a mano abierta y continuó la marcha hasta no verse desde el puente.

Miré a Dionisio: abrí los ojos lo más que pude. Por unos instantes no pude más que escuchar el río, ver los dientes amarillentos de Dionisio y envidiarlo. Tal vez si yo estuviera al final del puente, al lado de Dionisio, fuera otra, alguien a quien le dieran monedas sin reserva alguna. Yo era peligrosa, pero Dionisio no. ¿Cómo colgarme el amoroso letrero de gratuito?

Fui acercándome apoyada en la baranda, sin mirarlo, un paso a la vez, como temiendo que se hundiera.

—¡Hola, Dionisio, diablillo! —exclamé, aún sin mirarlo—. ¿Así que te mudaste al puente?

Dionisio abrió más la sonrisa, bajó los párpados y se aplastó el cabello con una mano. Le puse lentamente, como pidiendo permiso, el sombrero. A él le quedó como a mí nunca me quedaría: natural. Le tomé los brazos y me recosté en su hombro. Un automóvil se detuvo. De entre la estela de polvo que quedó suspendida, surgió un fotógrafo que usaba gruesas gafas. Nos rondó mirándonos en perspectiva de su dedo pulgar.

—La ingenuidad lo es todo, el puente... —habló, realmente, a sí mismo.

Pidió permiso para una fotografía. En seguida sacó el trípode y la cámara.

En la foto me abracé al ensombrerado y sonriente Dionisio. Retratados al fondo hubo peces, muchos peces saltarines, y un barco de papel sosteniéndose de lirios.

Desnudo.

Rigo está en un restaurante. Ella, una mujer que no conoce, lo mira. Él no la mira. Sólo siente sus ojos en la nuca, la distingue de soslayo. Seguramente lo ha reconocido de tantos desfiles de pasarelas. Pero él se siente vulnerable devolviendo miradas; prefiere, como lo hace ahora, girar la cabeza hacia el mesero y pasear con vuelo suave sobre la mujer. Así es más refinado. Tampoco le sonríe. Solo actúa naturalmente, como si la mujer no existiera.

Ella se levanta, camina hacia él con los ojos fijos. Se queda impávido. Ya enfrentados, ella se desvía hacia el tocador. Rigo se pone de pie y la sigue. Ella voltea a hurtadillas. ¿Me sigue?, se pregunta emocionada. Y muy cerca, a punto de que Rigo respire tras su cuello, o le susurre algo al oído, él se desvía al baño de hombres. Ella continúa hasta el de damas.

Salen al mismo tiempo. Casi chocan. No pueden evitar una sonrisa de vergüenza. Pero eso es todo: Él ya no la mira. Se forman frente al lavamanos, en el pasillo. Primero ella. Él mira sobre su hombro, la pone nerviosa, la hace respirar de prisa. Estira una mano junto al costado de ella, casi rozándola. La mano acaba sobre el papel toalla y se retira con una hoja, con lentitud, de nuevo por el costado. Ella jadea un poco, lo menos que puede. Decide que no será tonta esta vez y que dará el paso que siempre le falta.

Se voltea. Hola, dice, te he visto modelar en las pasarelas y te he estado mirando toda la noche. Quisiera saber si...

Rigo, después de una sonrisa ligera, le da la espalda y camina lentamente hacia su mesa. Ella se siente terrible.

Rigo sale del restaurante. Respira hondo y piensa en lo que acaba de ocurrir. Piensa que pudo ser de otra manera, que un Hola, encantado de conocerte, hubiera sido interesante. Pero decide no pensar más en el asunto.

Una niña con un ramillete de rosas se acerca. Hay timidez en su paso. Se encuentran: ella tan pequeña y él tan espigado; tan andrajosa y él tan elegante. Rigo se enternece con ese fácil proteger.

¿Quiere comprar rosas, señor?, le dice ella con miedo. Rigo la mira desde su altura y contesta: No.

Al llegar al edificio donde vive, Rigo encuentra un grupo de admiradoras. Primero se Siente hastiado: ¿no pudiera solo llegar a casa y encerrarse durante un par de siglos? Luego recuerda la importancia de la imagen pública. Sonríe. Quieren autógrafos. ¿Sus nombres?, Oye, Rigo, ¿cómo estuvo París? y ¿Cómo te fue en Italia? y ¿Vas a seguir modelando para Hugo Boss? y ¿Cómo es tu mujer ideal? y etcétera, etcétera, etcétera. Rigo piensa que no lo comprenderían ni en un millón de años. No lo dice. Solo termina de firmar, se despide y entra al edificio.

El nuevo traje del afamado diseñador marca un hito en lo que a moda se refiere. Es atrevido, futurista. Pero necesita un *top model* para que su exhibición sea la adecuada, un hombre carismático, con experiencia y, sobre todo, seguro de sí mismo: un cuerpo largo y tal vez fornido para que las telas luzcan en todo su esplendor. Le habían presentado, alguna vez, a un tal Rigo. Impresionante muchacho, todo un profesional. Se pone en contacto con el agente y acuerda una entrevista.

Rigo mira a su agente, luego al diseñador.

—Hay mucho dinero de por medio, Rigo, mucho —dice el agente.

—El traje consiste... —comienza a explicar el diseñador.

—Estamos hablando de un contrato millonario, Rigo —repone el agente.

—El traje es... —insiste el diseñador.

—Y... —empieza a interrumpir nuevamente el agente cuando se impone el diseñador:

—El traje consiste en dos tiras: una violeta a la altura de la cadera y una celeste en el cuello. El resto es tela transparente...

Rigo lo mira con tanta sorpresa que el diseñador calla.

—¿O sea que voy a andar encuerado?

—¡Sí! Casi —contesta entusiasmado el diseñador—. La tendencia del nuevo milenio es el trasluz...

—Yo no hago eso, tú sabes que yo no hago eso —dice Rigo, dirigiéndose el agente.

—Pero, Rigo, es un contrato impresionante...

—Tú sabes que no me gusta desnudarme.

—Pero, Rigo, con lo que ganarías esta vez podrás retirarte de la vida pública, de tanta fanática loca.

Rigo se calla, piensa: la posibilidad es tentadora. El tiempo pasa. Se decide por el jugoso contrato.

En su apartamento se desnuda y pasea frente a un inmenso espejo para ensayar. Mira su cuerpo con indiferencia. Luego le parece que es ridículo, con el torso tan escuálido y sus partes privadas todas expuestas. Se viste.

Al día siguiente hace lo mismo. Esta vez la ligereza de ser él y sólo él, casi disuelto en el viento que entra por las ventanas, lo libera. Se da cuenta que la ropa tiene un peso y una medida, aunque sea hecha especialmente. Le entra algo de amor por tanta piel y tanta desvergüenza. Baila: sus pies chupan el suelo: *chuac, chuac.*

Ya durante la semana está convencido de que desnudo es más bello. A veces, eufórico, sale al pasillo. Algunos vecinos han comentado: No reconocemos al modelo, ahora es diferente.

A él no hay comentario que le importe, está encantado con su desnudez.

Es la gran noche. El diseñador presenta la colección Verano. Como principal atracción, el *top model* Rigo Casatti. Está ella, la del restaurante, en primera fila: programa en una mano y copa de champaña en la otra. La niña que vende rosas hace el negocio de su vida (las rosas rojas adornan el corpiño de las damas). Entre la gran cantidad de personas que atiborran el lugar, están las admiradoras que esperaron a Rigo fuera de su apartamento. Están felices. El agente abraza a una rubia. El diseñador se esconde tras bambalinas. Todos visten sus mejores galas: las mujeres, vestidas de noche, diamantes, pestañas postizas; los hombres, negros fracs, "rolex" de oro, "american express".

Llega el momento de cerrar desfile. Rigo espera tras el telón. Ve las luces de las televisoras, de los fotógrafos, el reflejo de los diamantes y el brillo del oro. Fuera de los listones violeta y celeste, nada oculta su piel. Siente miedo. Con los pies pesadísimos empieza la marcha. Se convence de que no hay nadie, de que de nuevo lo ampara la intimidad de su apartamento. Sale a la pasarela y lo baña la luz.

Todos, absolutamente todos, se quedan mudos Rigo marcha al ritmo de la música.

—¿Qué es esto? —grita alguien— ¡Este hombre va desnudo, mira como le saltan sus cositas.

Rigo sigue con debilitada seguridad. La niña suelta tremenda carcajada. Las admiradoras la siguen. Ella, la del restaurante, llora literalmente de risa. ¿Este es Rigo?, piensa. Hasta el agente está que se va al suelo.

Rigo se detiene en medio de la pasarela. La gente lo señala. Hace un esfuerzo por cubrirse. Ante su enredo de brazos y encogimientos, le público se ríe más. Él lloriquea, se va doblando, se sienta, al fin, cubriéndose como puede.

La canción más bella del mundo.

l cura de su pueblo, el hombre más santo que conoció jamás, le dijo siempre que su voz gangosa y su canto desesperado eran propicios para la música vernácula. Le dijo que eran un don del altísimo que no debía desperdiciar. Al igual que los versos dolidos y perfectos que el corazón le dictaba.

Pero el padre quería que su feligrés no equivocara el camino. Insistió en contarle una parábola a modo de ejemplo: «Un pescador necesitaba, a toda costa, regresar a su hogar con pescado fresco. El Diablo le ofreció llenar su red de tal manera que se volviera famoso no solo en su pueblo natal sino, también, en los poblados vecinos. Dios le propuso pescar la cantidad necesaria para él y su familia. El pescador, después de meditar mucho, decidió decir que sí a las dos potencias pensando que podía obtener la fama y, a la vez, ganarse el Cielo. Por mentir, no lo quisieron ni Dios ni el Diablo y su alma vagó por el limbo toda la eternidad».

Entendiendo los consejos del cura, Honorio González, que así se llamaba el cantor, evitó las tentaciones mundanas y brindó su arte sin intereses egoístas. Las letras le salían de cuando en cuando sin esfuerzo, como quien respira o suda: se le aceleraba el corazón y por la boca brotaban décimas. Su música hacía enamorarse a las mujeres y llorar a los hombres.

Pero no era querido. Mientras Nenito y Ulpiano llenaban sus bailes de bote en bote, él atraía públicos escasos. En otras palabras, ganaba solo lo suficiente para vivir. Y aunque abnegado enfrentaba su destino, la codicia empezaba a reptar dentro de su vientre.

Y que no se malentienda: los que sabían de música lo tenían por un genio, las masas eran las que no lo encontraban interesante.

Un día le asaltó una arritmia extraordinaria, grandiosa, con decirles que quienes estaban cerca de él creyeron que la tierra temblaba. No tuvo dudas: su mejor canción estaba por nacer. Corrió como un loco a su casa y llenó el pentagrama con música maravillosa.

Con la partitura bajo el brazo, se fue al estudio de grabación. Rebozaba alegría. Pero en la entrada se topó con un famoso cantante, con sus collares de oro y sus mujeres, y con felicidad desbordándosele del cuerpo. Entonces su júbilo perdió sentido. Es decir, ¿qué importaba componer las mejores canciones del mundo si le gente no le quería?

Grabó la canción la misma tarde y esa fue la primera vez que propuso a los chicos del grupo —Temístocles en la batería, Rubén en los timbales y Petronilo en el bajo— conseguir una *cantalante* muy atractiva. Por su cabeza también rondaba la desafortunada ocurrencia de contratar a un asesor de marketing —había escuchado el término de boca del famoso acordeonista Sammy, tras encontrarse con él en el pasillo de una radioemisora.

—¡¿Un asesor de marketing?! ¡Pero, Honorio, tú sabes cuánto cuesta eso! —era su representante escandalizado con la idea.

—Mira, Toño, lo he pensado mucho y creo que es el momento de dar el salto. No creo que Dios bendiga para mantener la bendición en secreto. Tenemos que hacer llegar mis canciones a la mayor cantidad de personas.

—Pero, escúchame, eso cuesta mucha plata.

—Lo sacaremos de las ventas del último disco.

—¡Pero eso nos dejaría en ceros!

—Toño, confía en los dictados de mi corazón. ¡Ya ves que el condenado compone canciones preciosas! No nos va a defraudar en este asunto.

Y al fin, el representante accedió. Claro, no sin antes amenazar con decir sin tregua que él lo había dicho en caso de que ocurriera una desgracia.

Lo mejor que los raquíticos fondos pudieron pagar se llamó Marcos Rosales. El tipo llegó a las oficinas trajeado de verde y con una sonrisa de oreja a oreja. Dijo haber hecho famosos a varios de los más reconocidos «tipiqueros».

—Antes de mí, Edwin no era nadie. ¡Sépanlo!

Y de inmediato se puso a dar órdenes sobre lo que debía hacerse.

—Sí, la idea de la *cantalante* es buena. Pero yo la traigo. Tengo algunas chicas que son candela pura. ¿Les dije que necesito un camerino? Anótenlo. ¿Y cuándo voy a conocer a los músicos? Se me ha ocurrido que todos se vistan con ropa rayada, en blanco y negro. Pero no como si salieran de la prisión, sino con estilo de cebra, con franjas y no con líneas.

A los músicos no les gustó Marcos Rosales. Les pareció vano y pretensioso. Muy distinto a lo que tenía por un *comprometido con la música.* Pero era tal el ímpetu del cantor y acordeonista, Honorio, que terminaron consintiendo hasta las solicitudes más absurdas.

—Vamos, muchachos, Marcos Rosales se los dice: estos pantalones verdes fluorescentes van a ser una sensación.

Y llegó la *cantalante:* una tigresa extraordinaria. Se llamaba Rosita Quintero. Y, debe decirse, era demasiada llama para una vela como Honorio. Hizo obediente al gatito en un santiamén. Por un lado —y eso fue bueno—, lo hizo componer las mejores canciones de amor. Pero por otro lado, lo forzó a tomar decisiones descocadas que luego lamentaría.

—Honorio, ¿podrías rascarme aquí, en el cuello? Ay, gracias, Hono. ¡Qué rico se siente!

Bueno, el asunto es que, después de conseguir como patrocinadoras a las licorera —¡Marcos Rosales se los dice!: lo que le gusta al pueblo es beber. ¿Quieren que la gente coma de nuestra mano? Denle bebida—, de pegar cartelones con fotos del grupo y mujeres semidesnudas, y de transformar las canciones con ritmos de hip-hop, rap y reguetón —y las letras con referencias explícitas de sexo—, Honorio se lanzó a la gira más grande de su historia.

Y sí, en efecto, les fue bien. Las chicas de cada ciudad persiguieron al ídolo por las calles. Las presentaciones estuvieron llenas a más no poder. Y famosos músicos como Dorindo empezaron a saludar a Honorio con respeto.

Las cuentas bancarias comenzaron a hincharse y un par de casas con piscinas aparecieron. El amor de Honorio, Rosita, un poco después de la adquisición de un Mercedes Benz último modelo, accedió a casarse con el músico. Y todos vivían más o menos felices. El cantor no tenía problemas con comer como lo haría un hipopótamo chupar como los mismos peces. Exhibía una panza que no le dejaba mirarse los pies.

Se decía que, en el fondo, seguía sirviendo a Dios de manera ejemplar; pensaba que su música guardaba los divinos acordes que su corazón dictaba.

Pero todo por servir se agota y la sensación de ser invencibles nos hace estrellarnos contra piedras. A Rosita se le ocurrió pedirle al cantante la canción más bella del mundo. Haciendo pucheros, dijo a Honorio que no la quería lo suficiente como para darle una verdadera canción de amor. Y el otro, ahí mismo, se puso a pensar y a recordar melancolías y a observar el cielo, y el corazón se aceleró como si fuera una matraca y, en un abrir y cerrar de ojos, cuando estaba a punto de atrapar, como un cazador de mariposas, la canción más bella del mundo, Honorio sufrió un ataque coronario.

Mientras su espíritu se desprendía del cuerpo, Rosita le tomaba el pulso al cadáver para estar segura de que el muerto estaba bien muerto. Mientras Honorio intentaba entrar al Paraíso y era despedido a golpes, Rosita firmaba un cheque para que un abogado tramitara la herencia. Mientras Honorio intentaba entrar al Infierno corriendo igual suerte que en las alturas, Rosita hacía su primera inversión de cinco ceros: una casa de dos pisos en la playa.

Y así estaban las cosas: el alma de Honorio, que por cierto, había tomado la forma de acordeón gigante, vagaba por el limbo ensayando acordes tristes.

Pero de pronto un ángel vino a verlo: había sido aceptado en las moradas celestiales.

La primera cara que lo recibió fue la del curita de su pueblo natal. Resulta ser que el hombre se había muerto de viejo y, viéndolo en apuros, había intercedido por su alma.

—¿No te dije, Honorio, que no quisieras quedar bien con Dios y con el Diablo? Ay, chiquillo, yo que tanto te lo advertí.

Gracias al cura pudo quedarse en el Cielo pero, por órdenes superiores, tenía que cumplir con una condición: debía tocar su acordeón —su alma— a solas, sin más aplausos que los que pudiera imaginar.

Honorio dijo que estaba bien. Sí, nada podías ser más terrible que vagar en el limbo, sin propósito ni descanso. Se acomodó en una nube y empezó a encogerse y a estirarse y a pulsar su teclado etéreo.

Al poco tiempo, se dio cuenta de que su don no lo había abandonado, que del respirar del acordeón nacían versos sublimes. Supo, además, que era una ventaja componer en el Cielo: se asían con facilidad las metáforas y se atrapaban al vuelo las musas.

Y apareció la canción más bella del mundo, aquella que Rosita le pidió. No pudo bajarla del Cielo a la Tierra, pero ahora la tenía próxima, al alcance de la imaginación. La tocó con maestría, como un ejecutante perfecto. Pero no había nadie que lo escuchara, nadie que supiera de su genialidad.

Y volvió a enfrentar el dilema que tanto daño le hizo: ¿Dios otorga dones para mantenerlos en secreto?

Un agujero de luz al final de un túnel de árboles

Si se mira el parque de frente, como si fuera a los ojos, y con algo más que los ojos, imaginándolo o relacionándolo con un recuerdo, se verá un túnel de árboles que acaba en un agujero de luz. Si la mirada está coloreada por alguna melancolía, esa mancha de luz sugerirá varias interpretaciones. Una podría ser que todo acaba.

En la esquina del parque, habrá hombres con sombreros níveos, niños con trajes domingueros y quizás una mujer que mire a ningún lugar.

A la derecha, más allá del parque, oteando el parque, habrá un hotel. Su edificio estará pegado a otros como si fuera un grupo de amigos que se abrazan por la espalda y miran desde lo alto. Al nivel de la calle, amigos más pequeños, las tiendas de abarrotes y misceláneos, mirarán con sus puertas a todo abrir. El sol estará acostado al fondo, muy lejos, tras el parque y el poblado.

Los rieles del tranvía, como los trazos paralelos de un dibujante, darán la vuelta al parque por uno de sus lados. Las personas que están ahí, en la mera esquina, esperarán. Esperarán sin remedio. O creerán esperar. O en realidad no esperarán nada.

Ella espera, pero no espera, no cree esperar, cree esperar en vano. Él debería aparecer a la llegada del tranvía, pero ella no cree que lo haga. El amor ha sido una cuerda floja en los últimos tiempos.

Por eso no espera: hace como que espera. Deja que la inercia de los días le empuje y la lleve al día, a la hora, a esa esquina del parque, a la cita que no cree se haga realidad.

Mira el hotel casi atravesándolo. Mira las tiendas de abarrotes y misceláneos. Mira a quienes la flanquean: a los niños, a los hombres de blanco sombrero y a un par de mujeres con trajes recargados. Mira el túnel de árboles y la luz en su fin que poco a poco desaparece. Mira las líneas curvas y paralelas por las que ha de pasar el tranvía.

Pero, en verdad, no mira nada; los recuerdos la distraen.

Por un momento desea no tener razón, fallar; desea que a la hora pactada él aparezca y el tranvía continúe por sus rieles impertérritos y que el día sigan sin sospecha de cambios.

Pero no, se desmiente, desconfía. Y es que traiciona para no ser traicionada; olvida para no ser olvidada. Y esa nostalgia próxima, profética, la colma de una muerte inevitable.

Imagina que años después, muchos años después, la esquina en la ahora espera, sus bordillos y bancas, han perdido la luz de la cal y tienen la sombra del moho. Imagina que el tranvía desaparece o es distinto: de metal y colores brillantes; y que los automóviles pasan por las que fueron sus pisadas de hierro y que ya nadie espera en la esquina que fue de sombreros blancos —ya no se usan sombreros blancos—, de niños y de mujeres con trajes enredosos.

Imagina que alguien sí espera, una dama, una mujer, que en esencia se le parece, una solterona a la que citaron a una hora precisa para un compromiso acordado y que no cree que se realice. E imagina que la mujer viste diferente de como ella viste: imagina un pantalón holgado, unas sandalias, una camisa de lino.

Imagina que ella espera, pero no sabe a qué atenerse.

Y esa visión, esa certeza de que nada quedará —de que la nostalgia quedará—, le hace sentirse sola, sola hasta de sí misma.

Y comienza a desear con todas sus fuerzas que él llegue hoy, que sus promesas se cumplan hoy, que aparezca y se apee del tranvía, que la abrace consciente de lo poco que les queda, antes de que el futuro dé los pasos necesarios para acabarlos tal como se conocen.

Pero ella no sabe si él llegará y eso es lo más terrible. Ella no sabe si él encuentre las mismas justificaciones, si habrá visto en ese parque —en su túnel de árboles y luz al fondo— lo que ella vio. Ella no sabe si alguna vez coincidieron o todo fue la ilusión de coincidir.

Imagina que la dama de pantalón holgado, sandalias y camisa de lino, espera, que espera con la mejor disposición, con los mejores deseos; que espera como si de su voluntad dependiera lo que va a ocurrir; que espera como rogando.

Y ella espera, pero algo la asusta, algo le hiela la sangre, y es que su paciencia se estire por años, morirse poco a poco, resignarse sin darse cuenta de que se resignó.

Entonces imagina que a la mujer la alcanzan las horas, que suenan las campanadas de la cita —persiste la iglesia a lo lejos, la misma que ahora da sus tañidos— y una última esperanza ilumina esos ojos inventados, pero la esperanza agoniza después de una hora, da sus últimos estertores después de dos, se acuesta y expira a la tercera.

Y ella vuelve a llenarse d nostalgia porque reconoce en su visión una inevitable muerte, una anticipada muerte, una omnipresente muerte, una muerte intemporal, que asolará ese parque, el túnel de árboles, los edificios, ese hotel, esas tiendas, a paseantes distraídos.

Y el tranvía se detiene y el estómago de ella se contrae como puño que se resiste, como un recién nacido que se vuelve caracol.

Y salen los pasajeros, uno por uno, uno tras uno, hasta que el transporte queda casi vacío. Y ella anticipa el dolor de la mujer imaginada, el dolor futuro de una mujer futura que, sin embargo, se reproduce en sí misma, porque el tiempo no puede cambiar lo que realmente importa, el eje en torno al que hace círculos.

Pero un último pasajero sale del tranvía, él sale del tranvía, es el aliento final del tranvía cansado. Y él, en fin, sobrevive el paso del instante.

Y ella lo besa con entusiasmo y él no entiende su entusiasmo; no entiende su explosiva felicidad: el amor ha sido una cuerda floja en los últimos tiempos. Pero ella lo besa y está segura de que así resguarda ese parque, ese parque que jamás será el mismo.

La mujer de al lado.

Durante el lapso entre una relación amorosa y otra, Zé vivió en un apartamento muy breve ubicado en las afueras de la ciudad. Era un apartamento de edificios gemelos. Dicho en otras palabras, pertenecía a un complejo formado de varias construcciones idénticas. Las ventanas iguales, pues, se enfrentaban. Y Zé podía observar al vecino inmediato con toda nitidez. Era como si un óleo vivo colgara en su sala. Del día a la noche, escenas de otra vida transcurrían ante sus ojos.

Quien aparecía a todas horas, todos los días, era una joven con la que Zé se había cruzado varias veces. Pero no la conocía: nadie se la había presentado de manera formal. Eso sí, siempre le atrajo. Sabía que la llamaban Sole.

Qué sorpresa, pensó, ahora resulta que Sole vive a mi lado.

Como sea, Zé no se sentía cómodo saludándola o conversando con ella. Siempre que se topaban en la calle, una tensión incómoda chispeaba entre ambos. Y seguían su camino sin hablarse.

Quizás para aligerar tal tirantez, Zé había inventado un juego. Cuando la encontraba sentada, parada o tendida, se ponía en un lugar invisible para ella, e imitaba sus posturas. Le agradaba lograr el máximo parecido. Algunas veces lo conseguía y hubiera podido decirse que eran espejo uno del otro. Sólo los diferenciaba que Zé era hombre y Sole mujer.

Algunas tardes, la veía llegar cabizbaja y juraba por Dios que él comprendía su desconsuelo, que había experimentado tristezas parecidas.

Un día amplió la travesura. Se le ocurrió adivinar sus pensamientos e inventar conversaciones; imitaba la voz de Sole. Recurría mucho a frases que había escuchado y que, de algún modo, le parecían creíbles para una charla entre ambos. Pero también a saludos simples u ocurrentes. Agudizando el tono, susurraba: *Buenos días, Zé que duermes a mi lado.* Y se reía solo.

A veces llegaba al departamento abatido por alguna razón. En esas ocasiones, le asaltaba la urgencia de estar con alguien. Entonces miraba a Sole entre las cortinas e iba hilando un diálogo inventado. Le preguntaba cosas, y respondía él mismo con la voz que había creado para ella.

Otras veces, llegaba el momento de desvestirse y dormir, y ella aparecía en ropa interior o desnuda, andando por su sala. Zé, entonces, actuaba como si vivieran juntos. Bromeaba sobre la inminencia de acostarse y hacer el amor. Le decía cosas lindas sobre su figura. Le prometía un desayuno en la cama.

Una mañana, Zé salió descuidado de su edificio. Se encontró de golpe con Sole. Ella le sonrió pero él se sintió confundido y su conducta fue errática; al no tener distancias que le protegieran, se asustó. Giró sobre sus pies, sin decir palabra, y se fue. Cuando se arrepintió de lo que había hecho, ella ya se había ido.

Desde su cuarto, Sole lo ve acostarse. Dice engrosando el tono, fingiendo la voz de *Zé: Buenas noches, Sole que duermes a mi lado.*

Lobo

Cuando llegué a las llanuras del sur, yo era un lobo salvaje. Aullé con perseverancia y gruñí a cuanto ser se me atravesaba en el camino. Pero me trataban con burla: los libros de zoología aseguraban que no había lobos en las llanuras del sur. Sólo me creyeron bajo la forma de fiel y cariñoso perro.

El hambre del hombre.

Es necesario aclarar, antes de siquiera dar inicio a esta historia, que nuestro protagonista, Elden Medio, nunca ha pasado hambre.

No hambre de verdad, quiero decir; no la que te hace sentir que eres todo un estómago arrugado y herido. No la que tienen los niños pobres que estorban en los semáforos. No la de mujeres que piden monedas con la mano extendida y ante las que Elden duda si dar o no dar. No la que han sentido las familias de barrios malos, terribles.

Tiene una oscura consciencia, eso sí, de lo que es el hambre, de que existe un espectro esquinado y por eso omnipresente, necio ese espectro, que puede metérsele bajo la piel.

Y siente miedo, absoluto miedo, de que el fantasma del hambre se le aparezca un día.

Pero ahí está su puesto de analista en una empresa trasnacional, su casa, sus pertenencias.

Y ahí están los tentáculos de amigos, parientes, políticos; todos muy bien relacionados con las altas esferas del poder.

Elden Medio siente hoy hambre, pero un hambre inocua, un fantasmita apenas, juguetón el niño.

Está entonces en la oficina, frente a Karla Deseo, la linda compañera que siempre le ha resultado hechizante. Elmo, quien por ocho horas al día barre, escucha y no habla, les ronda sin levantar los ojos. Es una jornada normal.

Pero misteriosamente, las mejillas de Karla Deseo le gustan a Elden hoy por otra causa. Le recuerdan pechugas de pavo al horno.

Esto no es raro si miramos sus recuerdos.

Hace muchos años, su abuela pasó a mejor vida. Ella cocinaba el mejor pavo al horno que Elden recuerda, un pavo al horno que ahora, justamente ahora, no es solo alimento sino nostalgia, calor y olor de abuela, deseo de permanencia y seguridad, y miedo al futuro, miedo a que el futuro sea distinto al pasado, queremos decir, y al presente, por supuesto, todo ello pintado en las mejillas deliciosas de Karla Deseo.

Están a solo un minuto de las doce, cuando Elden la invita a comer —¿ella será su almuerzo? De hecho, lo que le dice distraído es:

—Te quiero almorzar.

Pero lo que ella escucha, y gracias a eso Elden evita mayúscula vergüenza, es: ¿Quieres almorzar?

Un anuncio gigantesco, la imagen de un corte *T-bone,* les salta a los ojos. Despierta en ellos apetito por *T.G.I. Friday.*

Llegan al lugar, cruzan la puerta. Se sientan uno frente al otro, y Elden vuelve a mirar las mejillas de Karla. Un mesero aparece con un sombrero de bufón a tres colores, tocado que distrae a Elden por un segundo de la obsesión por su amiga. Casi sin darse cuenta, pide lo mismo que ella: el corte *T-bone* que vieron en el anuncio.

Mientras Karla mastica su primer bocado, él observa sus cachetes sin pestañear. El platillo de Elden permanece completo, el corte de res pareciera al final no gustarle. Solo mira el perfil, de ave para él, de Karla.

Ella no repara en el extraño comportamiento de su amigo. Habla entre mordida y mordida de los sofocos que provoca el jefe, hombre cruel y déspota que a nadie en la oficina gusta.

Despacio, muy despacio, Elden va abriendo sus fauces. Se empina por sobre la mesa. Ella no se da cuenta del peligro. Él se aproxima.

Ya el aliento de Elden calienta su piel. La saliva comienza a inundar la boca. Se apartan los labios y los dientes se adelantan. Los caninos se preparan para darse un clavado en el cuello.

Pero el contacto, en el último instante, se hace beso tibio. Después de todo, es nuevo en esto de comerse a los compañeros de trabajo y no se hace bien a la idea.

Ella sonríe, sorprendida y de inmediato, sonrojada. Traga el bocado que tiene en la boca y sin comprender que ha sido el miedo lo que gobierna tales impulsos, miedo al fantasma del hambre, levanta los labios como si fueran bíceps de un atleta presumido, y encara a Elden.

Él vuelve a adelantar los incisivos, dispuesto a morderla, sin piedad esta vez, sin tregua, pero ella no se percata y él se compadece y acaba el hombre con su hambre de otro modo, hundiendo la lengua en la *boqueante* Karla, como un clavadista acapulqueño cae en un acantilado.

Luego van a una casa de citas llamada Corazones Dulces. Alquilan habitación por una hora. Ahí Elden está a punto de comérsela varias veces, pero al final solo hacen el amor.

¿Por qué no pudo devorar a Karla Deseo? La respuesta, después de una sesuda reflexión, aparece diáfana en su mente. Hay un vínculo personal que le impide atacarla. Por Dios, la ve a diario, conversa con ella en las mañanas y en las tardes, ¿cómo iba a hacerla su merienda? Su primera víctima, debía ser alguien más o menos desconocido.

Por eso, antes de llegar a casa, visita a su vecino más cercano. Inocente, el tipo sale al umbral y dice:

—Hola, vecino, ¿cómo está? Qué gusto me da verlo. A qué debo la visita.

Y Elden se da cuenta de que el vecino no ha despertado como él, de que para el vecino la cordialidad aún es una regla inquebrantable y que sería incapaz, segurito, de comerse a sus prójimos. No ha tomado consciencia de cómo aplacar el hambre realmente.

—Sí, vecino, ¿en qué le puedo servir?

—¿Me regalaría un poco de aceite? —improvisa Elden.

—Claro. No hay problema.

Y Elden lo ve perderse dentro de la casa, escucha los ruidos que hace en la cocina, oye sus pasos que regresan. Elden se esconde tras la puerta entornada.

—¿Vecino? —pregunta el vecino, y Elden se le va encima con los dientes por delante, confiado en lo que ocurrirá: el tipo engrandecerá los ojos y él se clavará en el ángulo de su cuello. Esta vez, no habrán fallas.

Pero en el último momento, le parece ingenua la mirada de su víctima. Es un hombre como él y nada más. Elden se arrepiente.

—Muchas gracias —le dice y toma el envase colmado de aceite para cocinar.

Elden entonces tiene otra epifanía. Debe comerse a alguien que no le despierte estimación. Eso es. Alguien cuya muerte signifique, incluso, un beneficio para la humanidad.

Su jefe. Tiene que comerse a su jefe. Y para coronar su razonamiento, planea con detalle cómo se lo desayunará de madrugada.

Muy temprano, Elden se mete en las oficinas donde labora. Son las 6:30 antes meridiano. Él sabe que a esa hora su jefe está solo, respondiendo una larga fila de correos en la computadora. Se acerca de puntillas, se asoma por la puerta a medio abrir del despacho principal, ve al ejecutivo sentado, de espaldas, tecleando en su máquina portátil. La boca comienza a aguársele.

Empuja silenciosamente la puerta. Sigue caminando con sigilo. Se acerca al hombro de su jefe. No le parece imprescindible enfrentarlo; mejor aprovechar el factor sorpresa. Morderá rabiosamente su cuello y no lo soltará hasta que sus sacudidas cesen. Seguramente sabrá a lomo de res, el mismo que su santa madre hacía.

Pero no ha ni bien preparado los colmillos, cuando el ejecutivo se voltea y mira directo a sus ojos. Esos ojos, como los suyos, centellean.

El jefe es más rápido a la hora de morder.

Unos minutos más tarde, Elden está en el suelo, agonizando entre estertores. El jefe está hincado junto a él con la boca manchada de sangre. Levanta la mirada hacia el cielo raso, suspira y cierra los ojos.

—Filete de la mejor calidad, 1982, estoy en un restaurante con mi madre, mi padre, mi hermana Chuyita —dice con un murmullo muy quedo.

Se pone de pie, se acerca a su sillón giratorio, se sienta. Piensa en las muchas maneras en que se comerá, uno a uno, a sus subordinados.

Llama a Elmo para que se deshaga de los restos. Elmo, al otro lado de la línea, lamenta el fracaso de Elden, quien le parecía una persona más cordia.

—Inexpertos —murmura el jefe. Y sigue escribiendo un mensaje en su computadora.

Otra casa.

Doña Bárbara de Cacho entró a la biblioteca. Se dijo sorprendida ante la habitación ocupada. Sin embargo, sonrió sin dudar frente a los ojos fijos de don Juan de los Palos. Para extrañeza de los presentes, aseguró buscar sus agujas de tejer; doña Bárbara nunca tejía. Don Emilio Cacho, su esposo, conocido hombre pudiente, estaba visiblemente avergonzado. Pero no hizo más que llamarla con discreción y pedirle que se fuera.

La atención se centró en él: la actitud de Roberto Arizmendi fue compasiva; la de Juan de los Palos descarada.

—¿Que buscaría Doña Bárbara? —dijo don Juan con venenosa intención.

—Dijo que sus agujas de tejer —se apresuró a contestar Arizmendi.

—Ah, claro, buscaba sus agujas.

Don Juan insistió hablando directamente a Don Emilio.

—Es una Mujer hermosa doña Bárbara, ¿también inquieta?

Entonces don Emilio se levantó y miró por primea vez el ventanal. Un vasto campo poblado de acacias, oscurecido por la noche que caía, apareció ante sus ojos.

—Es tremendamente inquieta, a usted le consta.

—Sí, me consta...

—Es una lástima —intervino Arizmendi— que haya gente baja que robe a las personas más importantes de nuestra sociedad... Me refiero a los arrabaleros que hace tiempo hurtan sin parar a los de nuestra clase, por supuesto.

Don Juan repuso:

—Hay hombres importantes que no merecen lo que tienen; usted lo sabe Arizmendi.

—Lo que sé es que se envidia lo que otros lograron con esfuerzo.

—Será eso, Arizmendi, será eso.

—Bueno, caballeros —dijo por fin don Emilio—, si no les importa me gustaría estar solo.

Las despedidas fueron distintas. Arizmendi fue un extremo cortés.

—Sepa que en mi tiene a un seguro servidor.

Don Juan, con ironía, dijo:

—No dude en despedirme de su encantadora esposa... ¡Oh!, parece que no será necesario, la escucho venir.

En efecto, doña Bárbara entró a la Biblioteca aun argumentando buscar sus agujas de tejer. Don Juan aprovechó para darle un largo y sugerente beso en la mano. Ella rio y se fue sonrojada. Don Emilio, fingiendo que nada había ocurrido, acompañó a la puerta a sus visitantes.

Cuando se quedó solo miró por segunda vez la ventana. Pasmado descubrió que no estaba el campo lleno de árboles sino una mansión idéntica a la suya.

—¡Diablos! —pensó—, esta es obra del demonio.

Con curiosidad, salió a ver la nueva casa.

La construcción era idéntica a la original. De ella salían las voces y se proyectaban las sombras de doña Bárbara, don Juan de los Palos y don Roberto Arizmendi. Confiado por la conversación que se oía, decidió entrar en aquella mansión.

Llegó a la biblioteca sin ningún esfuerzo. También en el interior, la casa era idéntica a la suya. Arizmendi y Juan de los Palos, sin decir una palabra, empujaron una silla y lo invitaron a sentarse. Una vez se arrellanó, entró doña Bárbara.

—¡Por Dios —exclamó—, no busco mis agujas de tejer, busco la mirada libidinosa de mi amante, don Juan de los Palos!

—¡Así se hace, Doña Bárbara! —se apresuraron a felicitarla Arizmendi y don Juan. Mientras tanto, don Emilio la miraba sorprendido.

—Ahora te toca a ti —le dijo Arizmendi a don Juan de los Palos.

Después de pensarlo un instante, se animó.

—Siento una envidia de los mil demonios por la suerte de don Emilio: tiene una esposa preciosa y sus propiedades y riquezas son incontables.

—¿Qué es esto, hijos de puta? —se apresuró don Emilio a protestar— ¡Así no debe ser, así no se hace!

Pero los gritos de felicitación de Arizmendi y doña Bárbara cubrieron sus reclamos.

—Os tengo una buena —dijo Arizmendi—. En los últimos meses, ya que estoy casi en bancarrota, me he dedicado a halagar a Don Emilio.

—¡Y lo confiesas tan descaradamente! ¡Así no es, así no se hace! —volvió a protestar don Emilio. Pero los demás, ocupados en festejar las confesiones, volvieron a ignorarlo.

—Bueno, bueno —interrumpió don Emilio rojo de cólera—, me había guardado este secreto por ser respetuoso de las buenas costumbres, pero como a ustedes ya no les importan, se los voy a decir; no los aguanto en mi casa, no soporto que vengan todos los días a conversar las mismas tonterías. Y a ti, Bárbara, te he desposado por la calentura y nada más, no eres una compañera inteligente, y de fidelidad, como todos sabemos, dejas mucho que desear.

Las caras quedaron inexpresivas. Fue un instante que a don Emilio le pareció eterno. Estaba a punto de pedir una disculpa, cuando Bárbara articuló una tímida y llorosa interrogación.

—Don Emilio, mi señor, ¿es cierto lo que dices?

Aunque la pregunta la hizo doña Bárbara, la respuesta fue esperada también por Arizmendi y don Juan.

—Ha sido una broma amigos, una broma que os he jugado —dijo don Emilio sin atreverse a confirmar.

—¡¿Aaah?! —exclamaron casi al unísono.

Don Emilio, después de quedarse un instante en silencio, se atrevió a preguntar.

—Y lo que han dicho vosotros. ¿Han sido también bromas?

—Sí hombre, sí —se adelantó a contestar Arizmendi.

Nuevamente callaron.

—Bueno, debo seguir buscando mis agujas de tejer —dijo Bárbara.

—Nosotros debemos partir.

Don Juan aprovecho para darle un largo y sugerente beso a doña Bárbara. Ella se rio y se fue sonrojada. Don Emilio, fingiendo que nada había ocurrido, acompañó a la puerta a sus visitantes.

Al regresar a la biblioteca, miró por tercera vez el ventanal. Solo había un campo desolado, lleno de acacias. Bien debía saber que no hay casas al lado de su casa.

Análisis de la forma.

Ernesto Sábato dijo que «La ciencia es genérica y el arte es individual, y por eso hay estilo en el arte y no lo hay en la ciencia. El arte es la manera de ver el mundo de una sensibilidad intensa y curiosa, manera que es propia de cada uno de sus creadores, e intransferible».

Según Don Fry, hay tres maneras de desarrollar un estilo literario:

a. Dejando que se desarrolle solo.

b. Imitando a otros narradores.

c. Y diseñándolo mediante el uso de ciertos dispositivos.

En cuanto a los dispositivos, Fry habla del nivel del lenguaje e incluso la cantidad de palabras que se usan; de si se usan modismos, dialectos o palabras antiguas; menciona la formalidad gramatical: puntuación, ortografía; los recursos poéticos; el ritmo narrativo (contar sílabas); si utilizamos abstracciones o imágenes concretas; la persona gramatical y el tiempo gramatical; las referencias que se toman de fuera de la ficción; humor e ingenio; punto de vista narrativo; y el entusiasmo al hablar de un tema.

1. Busque las definiciones para el siguiente vocabulario:

a. Nivel de lenguaje.

b. Modismos.

c. Dialectos.

d. Formalidad gramatical.

e. Recursos poéticos.

f. Ritmo narrativo.

g. Humor e ingenio.

h. Punto de vista narrativo.

2. En los cuentos de este libro, ¿qué dispositivos, de los mencionados por Fry, están presentes?

Análisis del fondo.

Hubo y hay personas que fundan su desarrollo moral y espiritual en abandonar el pecado. El origen del concepto de Pecados capitales se remonta a los primeros años del Cristianismo. En el marco del catolicismo, fueron transformándose hasta reducirse a una lista de siete. De ellos, como la cabeza de una Hidra, se desprenden otros vicios, y por eso se les llama capitales.

Los gnósticos, una rama temprana del Cristianismo, aseguraban que podía accederse a conocimientos secretos reprimiendo el impulso de pecar y practicando la virtud. Este conocimiento, decían, otorgaba dones mágicos. Veían en los milagros atribuidos a Jesús de Nazareno capacidades alcanzadas gracias a dichos conocimientos.

Cipriano de Cartago pensó en ocho pecados principales. Al igual que Evagrio Póntico (año 345 a 399), San Juan Casiano (año 360 a 435), Columbano de Lexehuil (año 540 a 615) y Alcuino de York (año 735 a 804). A continuación la lista de Evagrio y su clasificación:

Cuatro vicios concupiscibles o deseos de posesión:

- *gula y ebriedad (gastrimargia: 'gula y ebriedad').*

- *avaricia (philarguria: 'amor hacia el oro').*

- *lujuria (porneia)*

- *vanagloria (kenodoxia)*

Cuatro vicios irascibles, que —al contrario que los concupiscibles—, no son deseos sino carencias, privaciones, frustraciones.

- *ira (orgè: cólera irreflexiva, crueldad, violencia).*

- *tristeza (lupè)*

- *pereza (acedia: depresión profunda, desesperanza).*

- *orgullo (uperèphania)*

---

i Wikipedia. Pecados capitales. http://es.wikipedia.org/wiki/Pecados_capitales

Es hasta el siglo VI que el papa romano san Gregorio Magno (año 540 a 604), basándose en los trabajos de Evagrio, hizo una nueva lista que redujo la cantidad de pecados a siete (consideró que la tristeza era una forma de pereza).

1. *lujuria*

2. *pereza*

3. *gula*

4. *ira*

5. *envidia*

6. *avaricia*

7. *soberbia*[ii]

El poeta Dante Alighieri (1265-1321) utilizó este orden del papa Gregorio en la segunda parte de su poema La Divina Comedia.

1. Antes de continuar, relacione tres de los cuentos leídos con alguno de los siete pecados capitales y explique por qué llegó a esas conclusiones.

---

ii Ibid.

- Hombre y mujer.

- Mis mensajes en botellas de champaña.

- Boxeador.

- Desnudez metafísica.

- Un día con los Pérez Olsen.

- La foto del puente.

- Desnudo.

- La canción más bella del mundo.

- Un agujero de luz al final de un túnel de árboles.

- La mujer de al lado.

- Lobo.

- El hambre del hombre.

- Otra casa.

Notas finales.

L a colección de cuentos Pecados busca mostrar con alegorías los mecanismos internos de las tentaciones y las fallas. Las narraciones fueron tomadas de libros que aparecieron entre el año 2001 y 2013.

Hombre y mujer apareció por primera vez en el libro Desnudo (2001). En el cuento, el personaje comprende lo que es ser mujer al convertirse, fantásticamente, en una. Mis mensajes en botellas de champaña (Mis mensajes en botellas de champaña, 2011) también toca el tema de la Lujuria: nos muestra los tropiezos de una chica que busca recuperar una relación amorosa.

Boxeador (Cuentos con salsa, 2007) y Desnudez metafísica (Invisible, 2003) hablan de la ira. En El boxeador nos damos cuenta de que la rabia, al final, se vuelve contra quien la alimenta, y en Desnudez Metafísica se retrata a un protagonista que en sus esfuerzos por no mostrarse débil, solo logra que sus emociones estallen.

Un día con los Pérez Olsen (Desnudo, 2001) es una narración sobre la vanidad; en el fondo de la piscina de un club exclusivo, la protagonista descubre lo que sus anfitriones, los Pérez Olsen, ocultan. La foto del puente (Desnudo, 2001) y Desnudo (Desnudo, 2001) rondan los mismos senderos. En la primera, la protagonista debe aceptar que un sombrero llamativo se le ve mejor a un pordiosero que a ella. Y en la segunda, dando un giro al cuento clásico El traje del emperador, asistimos al desfile de modas de Rigo, modelo internacional.

La canción más bella del mundo (Cuentos con salsa, 2007) se refiere a la codicia. Nos pregunta: ¿No es suficiente el ejercicio de nuestros talentos, son necesarios la fama y el dinero para que nos sintamos satisfechos?

Un agujero de luz al final de un túnel de árboles (Cuentos con salsa, 2007) nos habla de la nostalgia. La mujer de al lado (La libreta de Ariadna, 2014) relata una atracción que se malogra por timidez. Lobo (El escapista y otras reapariciones, 2007) nos muestra como un lobo es definido por reglas impuestas. Estos son cuentos sobre la Pereza.

Y El hambre del hombre (La libreta de Ariadna, 2014) establece un paralelismo entre la glotonería y la incansable codicia.

Y Otra casa (Desnudo, 2001), donde asistimos a otra realidad, una en que los personajes confiesan sus pecados pero no pueden permanecer siendo honestos, habla sobre la Envidia.

Por supuesto, a todo pecado se le opone una virtud. De modo que cada uno de estos cuentos encierra una posibilidad de redención. Abajo enfrentamos el pecado a su correspondiente virtud.

Soberbia	Humildad
Avaricia	Generosidad
Lujuria	Castidad
Ira	Paciencia
Gula	Templanza
Envidia	Caridad
Pereza	Diligencia